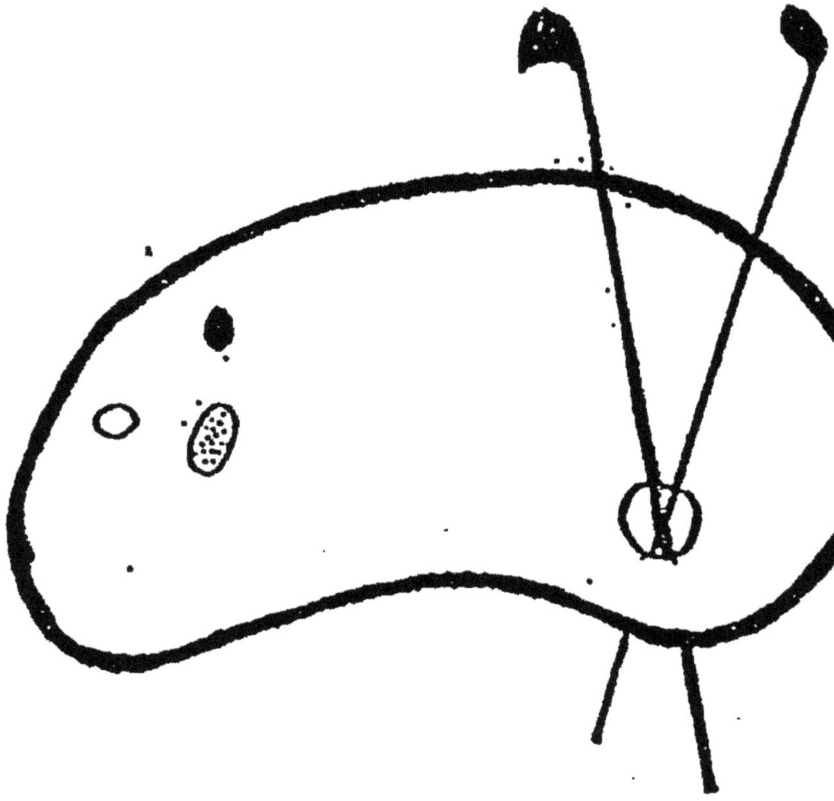

FIN D'UNE SERIE DE DOCUMENTS
EN COULEUR

LES NUITS

DE

QUINZE ANS

DU MÊME AUTEUR

En collaboration avec Maurice de WALEFFE.

La Répétition interrompue, marivaudage en un acte.

Les Toiles d'araignée, comédie moderne en un acte (*sous presse*).

Les Ailes de cire, comédie moderne en trois actes (*en préparation*).

S'adresser, pour traiter, à M. PAUL OLLENDORFF, éditeur, rue de Richelieu, 28 *bis*, Paris.

FRANCIS DE CROISSET

LES NUITS

DE

QUINZE ANS

PRÉFACE D'OCTAVE MIRBEAU

PARIS
PAUL OLLENDORFF, ÉDITEUR
28 *bis*, RUE DE RICHELIEU, 28 *bis*

1898

IL A ÉTÉ TIRÉ A PART

6 exemplaires sur papier de Chine.	1 à 6
15 exemplaires sur papier de Hollande	7 à 21

Numérotés à la presse.

A M. FRANCIS DE CROISSET

Monsieur,

Vous êtes très jeune (ce n'est pas un reproche); vous avez le don de poésie, un talent ardent, une âme élégante et passionnée, de nobles ambitions (à votre âge toutes les ambitions sont nobles), et cette originalité presque unique de n'avoir pas, à quinze ans, solennellement et définitivement proclamé l'impuissance de l'Amour et la gloire du Néant.

Ce dont je vous loue, sans réserve.

Faut-il vous louer aussi — ce que certains critiques ne manqueront pas de faire — d'être revenu aux vieilles formes classiques du vers, à cet alexandrin si sonore et si souple, si délaissé, pourtant, et dont un certain Hugo tira de notables harmonies? Je vous assure que les questions de métrique me sont indiffé-

rentes, et le vers, je le conçois aussi bien traditionnel que libre, et libre qu'amorphe. Je ne lui demande que de m'émouvoir et de m'enchanter. L'outil m'importe peu; c'est l'ouvrier seul qui m'intéresse. Êtes-vous un bon ouvrier?

Je vous flatterais — et vous ne me croiriez pas — si je vous disais que, plastiquement et spirituellement, vous avez réalisé, avec les Nuits de quinze ans, *un chef-d'œuvre. Votre avenir m'est trop cher — puisque vous m'avez offert cette bonne fortune de le tenir sur les fonts baptismaux de la publicité — pour que je vous adresse, comme au premier rimailleur venu, cet éloge vulgaire et discréditeur. Si vos* Nuits *ne sont pas encore un chef-d'œuvre, elles en donnent l'espérance, et c'est déjà beaucoup, et c'est aussi très rare. Elles ont ceci de précieux pour moi qu'elles sont bien réellement le cri et, malgré l'artifice ici et là, le jaillissement spontané de votre jeunesse, l'expression naïve quelquefois, à force d'être insolemment jeune, de vos rêves — et de nos rêves — d'adolescent. Elles ont le trouble fiévreux, la violence de possession, le charme impur — et c'est ce qu'il faut — des pubertés qui s'éveillent et qui dans une seule et multiple étreinte voudraient conquérir tout l'amour... En elles — et c'est par là que je les aime, — je me revois parmi les images de ma jeunesse — paysages, figures et rêves, de très vieilles choses, déjà, un peu effacées aujourd'hui... impuretés, désespoirs, négations et blasphèmes, tout cela si candide !...*

Vous n'avez pas encore souffert — et comment cela eût-il été possible que naissant à la vie, riche, heureux, choyé, aimé, vous ayez souffert en vous-même et dans les autres — ou si peu !... Car je ne prends pas pour de la vraie souffrance — Dieu merci ! — vos larmes vite séchées, ni vos découragements vite redressés en espoirs, ni vos ivresses de mourir, ni ce pessimisme tout extérieur, du reste, que, parmi tant d'enthousiasmes, je rencontre, parfois, dans vos poèmes, et par où s'accuse davantage et se complète, jusque dans la fanfaronnade romanesque et les luxures de collège, votre charme exquis d'être jeune, et de nous le dire, sans savoir que vous nous le dites... Mais, patience ! La souffrance viendra, à son heure ; elle vient toujours aux nobles cœurs prédestinés. Et je compte sur votre sensibilité si vibrante, sur la délicatesse, la force, la multiplicité de vos sensations devant la nature et devant la beauté, pour qu'elle soit complète et pour que vous en arrachiez des accents déchirants, des cris de révolte, de passion et de douleur, et, sans doute, le chef-d'œuvre que vous portez en vous... Chez les poètes, c'est ainsi que tout finit !...

Je ne veux pas écrire une préface... Cela me semble bien solennel et si inutile ! Et vos vers sont là, qui diront, beaucoup mieux que je ne saurais le faire, le poète que vous êtes. Je voudrais seulement vous mettre en garde contre un danger.

La génération poétique qui précéda la vôtre, à part deux ou trois exceptions glorieuses, n'a donné l'exemple que de pitoyables effondrements. Elle venait hautaine, méprisante, avec des casques d'or et des lys, décidée à tout détruire et à tout régénérer. Elle n'a rien détruit, et c'est elle qui est morte. Et elle est morte parce que, à la nature et à la vie, qui sont la source unique et jamais tarie de l'inspiration et de l'Amour, elle a voulu substituer le Rêve. Quand on est impuissant à penser, on rêve ; c'est plus facile ! Ah ! vous connaissez cette histoire lamentable, dérisoire et triste des vierges pâles, des princesses malades, des héros insexués qui du haut des terrasses, sur les forêts sans arbres, les mers sans eau, les plaines de fumées, clamaient d'étranges symboles et de mystérieuses esthétiques... Et tout cela, déjà, a disparu.

Il faut répudier le rêve et aimer la vie... il faut entrer résolument dans la vie. La vie est belle, même dans ses hideurs, quand on sait la regarder. L'homme qui pense, l'artiste qui voit, le poète qui exprime, ne peuvent pas s'abstraire de la vie, sous peine de ne penser, de ne voir, de n'exprimer rien, de n'être rien !

Il faut haïr le rêve qui n'est que la forme difforme du néant, et redouter, tout en la chérissant, la vie, parce que si la vie est maternelle, pleine de trésors et de beautés pour ceux qui l'aiment, elle se venge de ceux qui la méconnaissent, cruellement et terriblement...

OCTAVE MIRBEAU.

LES

NUITS DE QUINZE ANS

HAUTBOIS D'AMOUR

Sur la couche moelleuse où de rouges tapis
Encadrent la pâleur de leurs jeunes visages,
Deux enfants amoureux, indolemment tapis,
Reposent, fatigués des étreintes sauvages.

Elle frôle du bout de ses doigts allongés
Le beau corps de l'ami dont la forme inconnue
Précise, en accusant des contours étrangers,
Le précoce appétit de sa chair ingénue.

Lui, de son bras câlin, soutient la nuque tiède
De l'enfant rougissante aux yeux reconnaissants,
Et qui refuse, avec un sourire qui cède,
D'offrir à son baiser ses seins adolescents.

Leur profil est si jeune et leurs corps si gamins
Que le sexe parfois se dérobe, équivoque;
On ne discerne pas dans leurs yeux enfantins
Le regard qui promet du regard qui provoque;

Et quand sous le désir leurs instincts s'effarouchent,
Il semble que l'on voit, noués et palpitants,
D'un même arbre sortis, deux rameaux qu'au printemps
Un vent tiède a mêlés pour que leurs fleurs se touchent.

ENTRE COLOMBES

Deux vierges roses et nues
Que la peur de l'homme effarouche
Dans la forêt sont venues
Portant le printemps à la bouche.

L'une à l'autre entrelacée,
Elles marchaient sans rien se dire,
Car leur âme était bercée
Du silence de leur sourire.

Dans leur démarche légère
On voyait onduler leurs hanches,
Et sur la sombre fougère
Leurs pieds semblaient des roses blanches.

Mêlant la nuit à l'aurore,
Leurs chevelures confondues
Que nul bijou ne décore
Dansaient sur leurs poitrines nues.

Une brise molle et douce
Leur disait des chansons rieuses,
A voir les grands lits de mousse
Elles devenaient sérieuses.

D'une lassitude tendre
Leurs âmes étaient accablées :
Elles rêvaient de s'étendre
Dans leurs chevelures mêlées.

« Vois derrière le feuillage,
« Le soleil rose qui décline, »
Disait à la plus volage
La plus grave et la plus câline.

« Un léger brouillard de rêve
« Fond tous les contours dans l'espace ;
« C'est l'heure incertaine et brève
« Où le jour hésite et s'efface,

« Seuls la nymphe et le satyre
« Hantent la forêt solitaire.
« Nous goûterons le délire
« De nous caresser et nous taire.

« Demain, les fils de l'aurore
« Diront, nous croyant endormies :
« Ne réveillons pas encore
« Le sommeil de ces deux amies. »

Et toutes deux, languissantes,
Roulèrent dans leurs chevelures,
Et savourèrent, frémissantes,
Les baisers de leurs lèvres mûres.

Mais le jour les trouva mortes,
L'âme de volupté brisée...
Petite ! ô toi qui apportes
Pour leur tombe à peine creusée

Les fleurs qu'aimait leur jeunesse,
Que ta main sur le marbre grave
Pour honorer leur tendresse
Cette épitaphe douce et grave :

« D'un même arbuste, un soir, deux roses étaient nées,
« Différentes de ton mais de forme jumelles ;
« Un zéphyr au printemps les unit sous ses ailes :
« Passant, voilà pourquoi ces deux fleurs sont fanées. »

LE BOUDOIR

Jadis j'étais seigneur d'un boudoir langoureux
Ouaté de tapis, peluché de tentures ;
Devant d'anciens vitraux, des rideaux vaporeux
Laissaient flotter l'ampleur de leurs molles ceintures,

De larges coussins verts brodés de fleurs de blé
Couvraient la nudité laiteuse de l'alcôve,
Des astres s'allumaient au plafond constellé,
Des pastels se mouraient dans des cadres d'or fauve,

On entendait chanter les pimpants rigodons
Des pendules d'or vert dont le pouls bat trop vite,
Des marquises de saxe ornaient les guéridons.
Pour plus de deux la chambre eût été trop petite.

C'était un frais royaume où trônait le péché ;
Des parfums énervants chatouillaient la narine ;
Près du foyer ouvert un fauteuil débauché
Offrait ses bras pervers et cambrait la poitrine.

Dans ce boudoir moelleux dont je fus le seigneur
J'ai croqué des baisers plus doux que des pralines,
Pour voir d'un sein d'enfant la neige et la rougeur
J'ai dompté bien des cris sous mes lèvres félines,

J'ai longtemps caressé sur un corps de fillette
Les contours sinueux des pages florentins,
J'ai veillé bien des nuits, dormi bien des matins,
Fumé du tabac roux trempé de violette ;

Mais j'ai vu peu à peu l'enfant rose pâlir,
Sous ses yeux des fleurs d'ombre entr'ouvraient leurs corolles,
Et le sang qu'un accès de toux faisait jaillir
Donnait un goût plus âcre à nos baisers frivoles.

En déchirant des dents les coussins de l'alcôve
Elle mourut un soir sous l'effort de mes doigts,
Un soir d'hivér, tandis que la lune au front chauve
Emplissait le boudoir de son rire sournois.

NARCISSE

Puisque les femmes n'ont ni l'aile des colombes,
Ni les reins onduleux des chattes langoureuses,
Ni de vrais lys aux seins, ni de vraie neige aux lombes
Ni de vraie rose en fleur à leurs lèvres heureuses ;

Puisque la métaphore est toute leur beauté,
Que leurs corps nus sont vains sans les robes du rêve
Crois-moi ! dans ton miroir par toi seul exalté,
Aspire tout l'amour dont fermente ta sève.

En soupirant des mots plus doux que des baisers.
Sois cet enfant lascif éperdu par lui-même
Qui, ranimant son corps de ses doigts épuisés,
Voit dans son clair miroir rire un enfant qu'il aime.

Un blanc jet d'eau qui meurt courbant son col de cygne
Aura seul la langueur de ton désir brisé,
Et, vendangeur cruel, au pur sang de ta vigne
Bois le vin vigoureux de tes jeunes baisers.

FRÈRE ET SŒUR

Ils sont morts, les frêles
Amants ! Leurs ailes
D'espoir
Emportent leur âme
Au ciel qu'enflamme
Le soir.

Enfantins contours,
Satin, velours
Et soie,

Hélas ! ils sont morts
Ces jolis corps
De joie.

C'est d'un soir d'automne,
La monotone
Langueur
Qui vit se briser
Dans un baiser
Leur cœur.

Un matin d'avril
Nous irons, s'il
Fait beau,
Cueillir l'herbe en fleur
Pour orner leur
Tombeau.

Goûtez, frère et sœur,
Dans sa douceur
Céleste,
Bras noués aux bras
En vos lits froids,
L'inceste.

Soyez pardonnés,
Vous étiez nés
Très doux.
Je dis, sœur et frère,
Une prière
Pour vous.

LA GOUTTE DE SANG

Le soleil de midi qui brûlait l'herbe rousse
Avait fait éclater les fleurs dans leurs boutons.
Les bergers de quinze ans dont la poitrine est douce
Et dont aucun duvet ne voile les mentons
S'endormaient, enlacés, oublieux des moutons,
Les pieds dans les ruisseaux et les reins dans la mousse.

Un essaim coloré d'insectes fabuleux
Jaillit en bourdonnant des ruches d'or du rêve ;
Ils piquent les cerveaux de leurs dards verts et bleus

Et l'âme des bergers dans la brise s'élève.
Mais le plus beau d'entre eux en songe se soulève
Et croit ouïr des pas frôler le sol moelleux.

Il écoute : un chant clair vient frapper son oreille ;
Combien il est plus doux que le chant des bergers !
Il se dresse, il écoute encore et s'émerveille
D'entendre palpiter des accents étrangers
Et des soupirs de flûte et des rires légers :
Une angoisse charmante en son âme s'éveille.

Le feuillage s'entr'ouvre, et voici qu'apparaît
Une nymphe dont l'éclatante chevelure
Illumine le cadre obscur de la forêt.
Son ventre blanc brillait sous sa poitrine mûre ;
Elle parlait, en s'avançant sous la ramure,
A l'enfant frissonnant de la nuque au jarret.

« O doux berger ! mes sœurs s'aiment dans la clairière,
« Les bras noués aux bras, la bouche sur la bouche,
« Voilant sous leurs cheveux leur nudité farouche.
« Leurs corps que le soleil inonde de lumière
« Comme un bouquet de lys embaume la bruyère
« Et le vent se parfume en passant sur leur couche.

« Suis-moi sans réveiller tes amis. Viens près d'elles.
« Tu possèdes d'Eros la fraîcheur et la grâce,
« Et l'une d'entre nous plus heureuse et plus lasse,
« Dédaignant la douceur des étreintes jumelles,
« Pour t'aimer ouvrira ses bras comme des ailes
« Et t'apprendra les mots qu'on ne dit qu'à voix basse. »

Sans l'entendre, l'enfant les reins brûlés de fièvre
Et le corps soulevé par des spasmes nerveux,
A bondi vers la nymphe et la mord à la lèvre.

Mais elle, s'échappant d'entre ses bras fougueux,
Voile son ventre clair sous l'or de ses cheveux
Et bondit dans le bois comme une jeune chèvre.

Quittant avec regret le rêve qui l'enjôle,
L'adolescent s'éveille et voit en rougissant,
Tandis qu'un souffle frais et parfumé le frôle,
Un berger qui riait le front sur son épaule ;
Sur sa lèvre où brillait l'or d'un duvet naissant
Palpitait, tiède encore, une goutte de sang.

RONDEL

La reine d'un doigt blanc que brûle un ongle rose
Presse, le rire aux dents, la fleur de son sein blond
Et le page gourmand qui près d'elle repose
Mange le fruit de chair d'un baiser doux et long.

A travers les rideaux de la verrière close
Le soleil fait flamber les parquets du salon.
La reine d'un doigt blanc que brûle une ongle rose
Presse, le rire aux dents, la fleur de son sein blond.

La lèvre de l'enfant fait éclore une rose
A l'endroit où jadis ne poussait qu'un bouton.
Mais soudain, frissonnant de la nuque au talon,
La reine qui pâlit râle d'amour à cause
D'un doigt impertinent que brûle un ongle rose.

LES SONS JOYEUX

Les sons joyeux ou les accords brisés
Me déplaisent.
Je rêve aux chansons que font les baisers
D'enfants amusés
Qui se baisent.
Il est des fruits mûrs qui, dès qu'on les touche,
Fondent sous les doigts en eau parfumée :
Je rêve à la bouche
Où se nourrira ma bouche affamée.

J'aime mieux les langueurs et les tièdes fadeurs
Montant de l'entre-deux des précoces poitrines
Que les parfums des fleurs, que les larges odeurs
Marines.
Je préfère aux tableaux des maîtres, aux statues,
Deux fillettes aux yeux malsains
Qui dans un grand fauteuil, à demi dévêtues,
Se tourmentent les seins.
Nos soupeurs ingénus diront : « Goûtons le nu.
« Quand à notre habit noir un bras câlin s'enlace,
« Pour si poudré qu'il soit, il est le bienvenu,
« Pour si blasé qu'on soit jamais on ne s'en lasse. »
Mais nous, les raffinés, savourons les délices
Du demi-nu qui donne un mystère à la peau.
Je veux aimer d'amour celle de mes lectrices
Qui garde dans l'oubli ses gants et son chapeau.
Mais je la veux très jeune. En son œil polisson

Toujours pétillera l'or nouveau d'une flamme.
Ma muse est une fille habillée en garçon
Et qui rit de se voir gamin étant si femme.

IMPUISSANCE

Laisse-moi sur ta gorge ignorante et troublée
Poser ma tête lourde et mon chagrin brutal :
Le battement léger de ton sein virginal
Versera le sommeil à mon âme accablée.

Sans le voir, je saurai que ton regard d'amie
Ecarte de mon front les songes douloureux,
Mon cœur devinera qu'en tes yeux généreux
Pour me plaindre s'éveille une larme endormie.

Mon passé maladif aux nuits lentes de fièvres
Fuira dans le silence inondé de douceur
Et, malgré mes yeux clos, je verrai sur tes lèvres
Ton sourire indulgent et doux de grande sœur.

Mais tout mon corps saura qu'autour de ma poitrine
Deux bras blancs ont glissé comme un collier d'argent,
Leur caresse a troublé mon repos négligent
Et des parfums d'amour ont gonflé ma narine.

Hélas ! j'avais rêvé d'endormir ma débauche
Au rythme cadencé d'une gorge d'enfant !
Des appétits nouveaux précipitent mon sang,
Mon désir vagabond sur un parfum chevauche,

Et malgré la douceur du coussin qui repose
Ma tête fatiguée et mon chagrin brutal,
J'ai vu dans ton regard limpide et virginal
L'amour, enfant cruel, darder sa langue rose.

ELLES SONT VENUES... .

Elles sont venues
Rieuses et nues,
Un matin d'été,
Parant leur beauté
De fleurs inconnues,

Parmi les roseaux
Au rythme des eaux
Et des mandolines
Sur des barques fines
Comme des oiseaux.

Plus vives, plus grêles
Que des sauterelles,
Les yeux en gaîté
Elles ont sauté
De leurs barques frêles;

Elles ont dansé
Et m'ont caressé
De leurs chevelures;
De leurs frais murmures
Mon cœur s'est bercé.

Et quand vint le soir
La lune a pu voir
Leurs petits pieds roses
Éveiller des roses
Dans le gazon noir.

L'aube mit en fuite
Leur troupe conduite
Par un vent moqueur,
Et, depuis, mon cœur
Est à leur poursuite.

Quand luit sur les bois
La neige, je vois
Leur blancheur charmante.
Quand un oiseau chante
Je dis : C'est leur voix !

Les souples ramures,
De leurs chevelures
Ont le pli mouvant.
Quand rôde le vent
J'entends leurs murmures.

Mais les inconnues

Rieuses et nues,

Au son des chansons

Pour m'aimer ne sont

Jamais revenues !

DES PAS LÉGERS...

Un arc-en-ciel dansait sur les coteaux mouillés
Quand, par des pas légers, nous fûmes réveillés.

Et c'était deux à deux, nouant leurs bras moelleux
Et noyant la langueur de leurs longs regards bleus
Dans une volupté que prolongeaient leurs lèvres,
Des vierges que suivaient de blancs troupeaux de chèvres.

Les seins dardés, le ventre clair, les pieds nerveux,
Couvertes d'un manteau ruisselant de cheveux,

Dans les moissons en fleurs, d'abeilles sillonnées,
Elles semblaient, parmi les fleurs, des fleurs aînées.

Nous suivîmes longtemps des yeux leurs corps troublants,
Et nos bras vers leur croupe et leurs petits pieds blancs
S'agitaient ! Mais le vent qui dans les bois soupire
Nous transmit les échos insolents de leur rire.
Alors ceux d'entre nous plus blasés et plus las
Ecoutèrent des chants que tous n'entendaient pas.

C'étaient quatre enfants blonds dont l'allure était fière
Et qui portaient, couché sur une ample litière,
Un pâle adolescent de lui-même amoureux
Qui couvrait un miroir de baisers langoureux.
Ses cheveux d'or baignaient son col de feux et d'ombres,
Et ses doigts allongés, cerclés de bijoux sombres,

Caressaient de son corps le mol et frais duvet,
L'œil brillant d'une opale à son front pur rêvait.
Des jeunes gens drapés en des tuniques blanches,
La rose aux dents, suivaient en ondulant des hanches.
Des enfants demi-nus et des hommes imberbes
Se poursuivaient, le rire aux lèvres, dans les herbes,
Cherchant pour le repos la mousse des halliers...

Un arc-en-ciel dansait sur les coteaux mouillés.

LE MATIN

Comme s'évanouit une femme blessée,
Diaphane, couchant sa tête renversée
Sur le sein d'un amant que sa main presse encore,
Ainsi mourait la nuit dans les bras de l'aurore.

Voix d'enfance, parfums mouillés, lumière rose,
Vents bavards, vols ronflants d'abeilles dans le thym
Bosquets chantants, lilas que le soleil arrose,
Ruisseaux bleus, nids gonflés d'ailes : c'est le matin.

Petite, ouvre les yeux. C'est le matin. Viens vite.
Le beau soleil, tandis que tu rêves encor,
Sur le front vert des bois pose un grand chapeau d'or,
Le rire bleu du ciel à te lever t'invite.

Viens ! la forêt obscure est au matin vermeille,
L'amour qui dort devine à ses côtés l'avril.
Il se dresse et tous deux mêlent leur frais babil,
Tels deux jeunes époux qu'un même espoir réveille.

Viens ! nous verrons briller le galop blanc des chèvres
Et dans l'arbre s'enfuir, fauve éclair, l'écureuil.
Viens ! le bois tout entier fleure le chèvrefeuil.
Mais je ne veux cueillir d'autre fleur que tes lèvres.

Tes lèvres ont l'odeur des muguets réveillés,
Tes cheveux où la nuit se fond dans la lumière
Ont les âpres senteurs des grands lits de bruyère
Où j'irai t'enlacer sous les chênes feuillés ;

Et je croirai, pressant ton corps tiède, aspirant
L'odeur de tes cheveux embaumant notre couche,
Ebloui des clartés de ton sein transparent
Et mangeant les fruits mûrs qui saignent sur ta bouche,

Que toutes les forêts avec leurs chevelures,
Que le rire des eaux, la clairière d'or clair,
Tous les frissons, tous les parfums, tous les murmures,
Tous les rayons criblant d'étoiles les ramures
Incarnent leur beauté rustique dans ta chair.

RÊVERIE

Dans les vergers
Les bergers
Font chanter leurs cœurs sur leurs flûtes,
Et sur les eaux
Les oiseaux
Tournent et montent en volutes.

L'air est si frais,
Les forêts
Exhalent des odeurs si douces

Qu'il vient au cœur
La langueur
De mourir à deux dans les mousses.

Un astre luit
Et s'enfuit,
Les blancs nuages se colorent ;
Mon cœur est las,
Des lilas
Sous ma fenêtre s'évaporent.

Ah ! les frissons
Des buissons
Que la brise tiède balance ;
Ah ! sans penser
Se bercer
De solitude et de silence.

Oublier tout,
Et partout
Où votre regard se repose,
Ne plus rien voir
Dans le soir
Que des ombres sous un ciel rose.

DÉDICACE

O toi qui n'es pas fille et qui n'es pas garçon,
Je veux te dédier ma plus fraîche chanson,
Car mon cœur se souvient de tes yeux de printemps
Dont la couleur changeait avec l'aspect du temps
Et dont l'éclat naïf était souvent pervers.
Oui ! je veux aujourd'hui tresser pour toi ces vers
Dont les mots féminins, câlins et très osés
Imiteront le bruit de nos anciens baisers.

Je voudrais t'évoquer la chambre où nous aimâmes :
La douceur de l'étreinte unissait nos deux âmes
Et mêlait ton haleine à mon souffle brûlant,
Tandis que tes cheveux jusqu'à tes pieds croulant,
Ondulaient largement comme ondulent les vagues.
Tes doigts frais sur mes doigts roulaient comme des bagues,
Et lustrant ta denture à travers mon baiser
Je sentais le parfum de ton corps me griser ;
Et depuis le printemps velouté de ta joue,
Jusqu'à tes ongles fins où la clarté se joue,
Ma bouche chatouillée au duvet de tes chairs
Butinait, s'arrêtant aux fruits qui lui sont chers.
Souviens-toi de la chambre aux soirs tristes d'automne,
Lorsque le vent chantait d'un ton si monotone
Qu'il nous faisait courir des frissons dans le dos ;
Derrière le sommeil à longs plis des rideaux
La rue était déserte et le ciel était sombre ;

Mais la chambre était tiède, intime et pleine d'ombre
Et, couché près de toi, je flattais de la main
Les contours de ton corps élancé de gamin
En contemplant, blasé de l'extase suprême,
Dans ton regard changeant ton cœur toujours le même.
Sous tes doigts que jamais je ne puis oublier,
Je sentais mon esprit chagrin se délier
D'un passé de regrets, d'un avenir de craintes ;
Et tous deux, méprisant les brutales étreintes,
Nous restions tendrement l'un à l'autre enlacés,
Du bruit de nos baisers confusément bercés.

LES CERNES VIOLETS

Les cernes violets de tes grands yeux luisants
Racontent les baisers subits dans les nuits louches,
Les marchés pleins d'ennui sur le hasard des couches,
L'attente aux soirs glacés des moroses passants.

Oh ! les douleurs du froid, les refus méprisants,
L'hôtel douteux rempli de souvenirs farouches,
La rencontre lassée et haineuse des bouches
Et les réveils navrés des amours complaisants.

Quand délivrée enfin de ton morne supplice
Le jour béni viendra d'une mort rédemptrice,
Forte de ton dégoût et de ton long ennui,

Vers Dieu, tu vomiras un blasphème tragique
Et le monde entendra comme un chant symbolique
La clameur de ta haine épouvanter la nuit.

DERNIER REGRET

J'ai perdu la lenteur profonde des nuits douces
Et les réveils charmants qui font que sans secousses
On passe du pays des rêves vaporeux
Au pays odorant d'un beau corps amoureux.
J'ai perdu les baisers et j'ai perdu les lèvres,
Et je tords sur mon lit mon corps brûlé de fièvres,
Et mon cœur maladif se souvient qu'autrefois
Tout un printemps chantait dans le son de leurs voix.
Je regrette surtout les défuntes caresses

Dont l'art berçait mes nerfs d'ineffables paresses,
Et dont les doigts étaient si légers et si frais
Que sous leurs frôlement chatouilleur, je rêvais
Que des ruisseaux d'avril couraient sur ma peau tiède.
Tout ce passé troublant me torture et m'excède,
Il me tarde de clore en un sommeil léger
Mon cœur sur qui l'hiver consolant va neiger.

SONNET D'ÉGLISE

Songe aux reins enfantins et songe aux seins aigus
Des vierges qui s'en vont vers le soir à confesse,
Joignant leurs doigts gantés sur un livre de messe,
Et baissant leurs longs cils sur leurs yeux ambigus.

Dans la paix de l'église elles ont pour amis
Les blonds enfants de chœur en longue robe rouge
Qui chantent les répons sans que leur lèvre bouge,
Fatigués de ployer leurs genoux endormis.

J'ai vu que ces enfants et ces vierges pensives
Échangeaient par les yeux des étreintes lascives
Parfois, lorsque le prêtre est courbé sur l'autel ;

Et quand les blonds enfants reprenaient leurs prières
Les vierges contemplaient en baissant les paupières
Le beau Christ languissant pâmé sur leur missel.

HEMIONE ET MÉNALKAS

FRAGMENT

MÉNALKAS

J'aime ton corps fluet car sous ton vêtement
Je devine un contour étranger et charmant
Dont parfois en mes nuits je rêvais sans y croire.
Ton teint plus transparent qu'une feuille d'ivoire
A les tons de ces fleurs que fane le dégel
Et dont la couleur change avec l'aspect du ciel.

Ta bouche souriante et rose est plus petite
Que la lèvre arrondie et lourde d'Aphrodite,
Et jamais je n'ai vu sur d'aussi blanches mains
Des ongles plus brillants fleurir des doigts plus fins ;
Mon cœur ne connaît pas de lumière plus douce
Que ton regard glissant qui sous tes cils s'émousse ;
J'aime tes pieds qui sont aussi blancs que tes bras
Et tes lourds cheveux d'or qui casquent ton front bas.
Je voudrais les toucher avec ma bouche. Ecoute,
Si tu veux nous irons tous les deux par la route
Qui mène au bois prochain. La chanson des oiseaux
Seule y répond parfois au murmure des eaux
Et le parfum des fleurs plus rouges que des lèvres
Fait monter dans les cœurs les désirs et les fièvres.
Viens ! nous resterons là jusqu'au déclin du jour,
C'est la première fois que je parle d'amour.

HÉMIONE

Ami ! ta voix est fraîche et ton menton est lisse,
La troublante candeur de ton désir novice
Ranime un souvenir depuis longtemps passé
Que je pleure toujours sans pouvoir l'effacer.
Ne reste pas ici ! Choisis pour amoureuse
Une enfant comme toi rose et toute rieuse
Dont la bouche jamais n'a connu le baiser.
Moi, pour ton bien, ami, je me veux refuser.
Si ma jeune beauté te paraît séduisante
Sous ma gorge en fleur souffre une âme malfaisante.
Enfant, tu sortirais vaincu d'entre mes bras ;
Ta mère en te voyant ne te sourirait pas ;
Vois, un dernier brouillard en l'air bleu s'évapore.
O mon ami, va seul au bois prochain que dore
La dansante lueur du soleil matinal ;

Si tu chantes, peut-être à ton chant virginal,
Surgissant d'un taillis, plus vive qu'une chèvre,
Une nymphe viendra te baiser sur la lèvre.

MÉNALKAS

Quelle nymphe serait aussi belle que toi !
Je sens un feu nouveau brûler dans ma poitrine,
Les mots que tu me dis avec ta voix câline
Comme autant de baisers dansent autour de moi.

Jamais je n'ai goûté de plus grisant émoi.
Pourtant j'en ai rêvé de plus doux ; je devine
Une étreinte profonde, une extase divine ;
Laisse-moi te toucher la gorge avec le doigt.

Quoique vierge, déjà je me sens presque un homme,
Et si ma joue ardente a des rougeurs de pomme
Un mâle duvet d'or sur ma lèvre fleurit.

Mon cœur depuis longtemps ne battait plus de même,
Il attendait quelqu'un qui le caresse et l'aime :
De toi seule il dépend qu'il se sente guéri.

CONVERSION

Non ! malgré ta fraîcheur, Petite, et ta beauté
Je crains les lacs soyeux de ta perversité.
Je crains l'ongle brûlant tes doigts d'une aube rose ;
En ta bouche je crains la guêpe dans la rose,
Et je n'écoute plus tes petits pieds parleurs
Polis par mes baisers ou lustrés par mes pleurs.
Vois ! l'hiver a poudré ses frimas sur ma tempe.
J'aime aujourd'hui l'étude, aux longs soirs, sous la lampe.

Mes péchés, doux ramiers au col couleur de vin,
Roucouleurs et berceurs frôlent mon corps en vain.
Las du livre qui leurre et des lèvres qui mentent,
Je veux l'Aube promise à ceux qui se repentent.

LA FROLEUSE

Tu es petite, rousse et grêle,
Tes yeux cernés sont excitants,
L'hystérie au vice s'y mêle
Et tu n'as pas encor quinze ans.

L'aile rose de ta narine
Toujours bat de frissons nerveux,
Tu n'as ni hanche ni poitrine,
Tu fais couper court tes cheveux.

Des poses molles et savantes
Font ployer ton corps de gamin.
Quelles voluptés énervantes
Promet la rondeur de ta main !

Sous tes cils roux, ton œil pétille
D'un cynique et brutal désir ;
Ta langue entre tes dents frétille,
Petit animal de plaisir.

Je rirai quand tu seras nue
D'un certain rire polisson,
Car la nature saugrenue
T'a faite fillette et garçon.

LE SPLEEN DE PIERROT

J'ai vu par ma fenêtre ouverte,
Sur la neige qui scintillait,
Pierrot, tout seul, la face inerte
Avec un teint de pomme verte
Qui mimant une danse alerte,
Sur le bout du pied sautillait.

Il avait l'air, malgré sa danse,
De quelqu'un qui n'a pas mangé.
Il battait la neige en cadence

Sans manquer une révérence,
Mais on découvrait l'impuissance
Dans son regard découragé.

Pierrot, dis-je, en vain tu déjettes
Ton corps de dandie enroulé
Dans du papier à cigarettes,
Tes faux airs de marionnettes
Font rire aux éclats les soubrettes
Pour qui ton cœur a roucoulé.

Mais Pierrot, tout mélancolique,
Me dit d'un air anéanti :
Le Pierrot poète et comique
N'est plus qu'un Pierrot famélique,
Et mon chagrin de pître étique
Perce à travers mon travesti.

Jadis j'étais le cher poète
Qui chantait dessous les balcons,
Tous les soirs en menant la fête
Je faisais nouvelle conquête,
Mon cœur me montait à la tête
Avec le vin de mes flacons.

Je murmurais à Colombine
Des mots qui ne déplaisaient pas.
Fort jalouse, et pourtant chagrine
Lorsque d'une étreinte câline
A sa taille onduleuse et fine
J'oubliais d'enrouler mon bras.

Mais aujourd'hui dans maint poème
Farci de vers de mirliton,
On m'exhibe, la face blême,

Très chic, en habit noir et même
Portant un large chrysanthème,
Et le faux-col jusqu'au menton.

. . . .

J'ai perdu mon ami Banville
Qui savait dans ses vers mousseux
Faire danser comme un reptile
Mon corps rythmique au jeu fébrile
Et pétiller, claire et subtile,
Une flamme dans mes grands yeux.

Giraud, seul ami qui me reste,
Ne fait plus de rondels pour moi ;
Lui seul dans une strophe leste,
Ranimait l'ardeur de mon geste,
Hélas ! il m'oublie et je reste
Sans ami, sans femme et sans toit !

Et je danse par habitude
Un menuet fort suranné,
Pour oublier la platitude
D'un siècle dont l'ingratitude
Abandonne à la solitude
Le doux poète enfariné.

FANTOMES

J'ai le cœur tout peuplé d'odeurs et de murmures,
De tendres voix, d'ardents regards, de lèvres mûres.
Mes souvenirs touffus, ainsi que des ramures
Malgré le vent d'hiver ne se sont pas brisés.
Les bouches sur mes dents fondaient comme des mûres
Mon pâlais a gardé le fumet des baisers.

J'aime, le soir venu, revivre les caresses,
Les trop brèves fureurs et les lentes paresses,
Les craintes, les refus rieurs, les maladresses

Dont l'ardeur se voilait dans la pudeur des nuits.
Mon esprit se souvient des intimes tendresses,
Des secrets abandons pleins de détails enfuis.

Tout un monde frôleur, enrubanné de soie,
Versant la volupté, l'élégance et la joie
Dans la demi-clarté de mes rêves chatoie.
Et, quand je le désire, un coin rose de chair
Comme un peu de soleil dans cette ombre flamboie
Et m'évoque l'amour d'un corps qui me fut cher.

Quelquefois, une image entre toutes chérie
S'anime, et le baiser de sa bouche fleurie
Verse un vin de jeunesse à ma lèvre flétrie,
Ses doigts ont un parfum de lilas frais ouverts
Et la plus jeune aurore au vice se marie
Dans ses larges yeux d'ombre étoilés d'astres verts.

PORTRAIT D'ENFANT

Ma cousine est petite et n'a pas dix-sept ans,
Sa lèvre est lumineuse et ses yeux excitants,
Et quand sa main s'enroule à quelque boucle brune
Ses doigts blancs sont pareils à des rayons de lune.

Elle joue au tennis et fume dans son lit,
Dit des horreurs avec la voix d'un bengali ;
Et devant son miroir trois fois par jour confesse
Les secrets de son corps frêle de dogaresse.

Elle porte le nom romantique d'Ella
Et suivant le caprice ou l'appétit, elle a
Pour amant son griffon, pour jouets ses cousins.

Étant fort littéraire, elle connaît par cœur
Les titres des romans qu'on répute malsains,
Et se rend au Salut pour les enfants de chœur.

RÊVE

Au rythme virginal de ta jeune poitrine
Laisse-moi m'endormir dans tes cheveux mousseux,
L'odeur de ton corps nu gonflera ma narine
Sans troubler les vapeurs d'un sommeil paresseux.

Pose tes petits doigts sur mon front où la fièvre
Allume un rouge enfer d'horreurs et de chagrins;
Je suis trop fatigué pour monter à ta lèvre,
Les tournois amoureux ont épuisé mes reins.

Du parfum de tes seins naît un rêve moelleux
Qui soulève mon corps sur ses ailes de plume,
Il tend son cou d'oiseau vers les horizons bleus
Où la lune sourit dans l'éther qu'elle allume,

Il part ! et déchirant la laine des nuages,
Il m'emporte au travers des mondes étoilés,
J'entends les vents du ciel qui battent leurs rivages
Avec le bruit des mers sur les coteaux salés.

Un feu nouveau s'allume en mon cœur exalté,
Mon rêve audacieux vers le soleil m'entraîne,
L'azur roule sur moi ses vagues de clarté,
Je meurs ! l'air est trop pur pour la poitrine humaine.

Oh ! mon rêve ! rends-moi les terrestres forêts
Que peuplent des frissons, des chansons, des murmures,
Et les tièdes jardins pâmés sous un vent frais
Qui balance les fleurs et berce les ramures,

Rends-moi les champs de blés et les grasses prairies,
Les stériles coteaux et leur gazon fané,
L'automne des chemins sous les feuilles pourries,
Rends-moi le sol boueux sur lequel je suis né !

Mais je m'éveille !... Un soufle frais de chèvrefeuille
Sort de ta bouche en fleur et rafraîchit mes yeux,
Et mon rêve s'enfuit, Le baiser que je cueille
A chassé le vertige effroyable des cieux.

Au rythme virginal de ta jeune poitrine
Laisse-moi m'endormir dans tes cheveux mousseux,
L'odeur de ton corps nu gonflera ma narine
Sans troubler les vapeurs d'un sommeil paresseux.

Ah ! qu'il est doux, vaincu par l'étreinte suprême,
De reposer sa nuque et ses membres brisés
Dans les pâles cheveux de la femme qu'on aime
Et qui frissonne encor de vos récents baisers !

LE BLONDIN

En l'aspect élégant de ce frêle blondin
Vois-tu ce jeu hardi quoique tout féminin ;
Ce sourire enfantin dont la langueur énerve,
Mélange d'impudeur précoce et de réserve ;
Ces yeux sournois au long regard cerné de bleu
Tantôt pleins d'indolence et tantôt pleins de feu ?
Vois ! le moindre désir qui gonfle sa poitrine
Fait aussitôt vibrer l'aile de sa narine,
Et crisper dans sa chair ses dix ongles mordants,
Et serrer et grincer les pointes de ses dents.

Sa voix que le dépit ou le dédain aiguise
Veloutée au repos, caresse et mignardise ;
Il cligne alors les yeux sous ses pâles cils d'or
Et son regard cerné dans un rêve s'endort ;
Et parfois sous l'ardeur d'un souvenir intime
D'une vive rougeur son teint vague s'anime,
Il s'étire en bâillant et ses membres frileux
Ondulent par moments sous des frissons houleux ;
Il tient du chat, de la vipère et de la femme,
Les vices criminels fleurissent dans son âme :
A des monstres pareils à cet enfant pervers
Les poètes futurs consacreront leurs vers.

LA FIÈRE DOULEUR

Ma chambre est triste, elle a l'empreinte de mon cœur.
Dans le sommeil de mes rideaux dorment mes rêves,
Mes livres poussiéreux parlent de ma rancœur,
Ma chair ne frémit plus du jeune orgueil des sèves.

Celle dont le nom clair comme un rire de cloche.
Dans mon âme éveillait des matins pleins d'oiseaux
Est partie ; et malgré son amour encor proche
Son souvenir n'a plus ni mailles ni réseaux.

Mais ma maison n'a plus de fleurs, et ma fenêtre
Ne s'ouvre plus jamais quand la campagne dort
Pour que l'odeur des fleurs dans notre lit pénètre
Avec l'adieu mystique et fier du soleil d'or.

Elle a fui ! rêve blanc dans la campagne brune,
Laissant flotter son voile à ses doigts effilés
Par le petit sentier qui, frappé par la lune,
Plonge, anguille d'argent, dans l'eau verte des blés.

Qu'un jour sa main d'enfant fasse crier la porte
Par où tout mon bonheur un soir s'en est allé,
Qu'elle vienne à genoux m'implorer ? Que m'importe !
Ce n'est point par l'oubli que je suis accablé.

Ce n'est pas elle que je pleure ! C'est mon rêve.
Car mon cœur est trop fier pour un banal affront,
Mais son départ sans larme et sans adieu m'enlève
L'oiseau de paradis que je lui mis au front.

PETITE PAYSANNE

Petite paysanne aux yeux fripons, je t'aime !
Demain comme aujourd'hui ton cœur battra de même
Sous ton corsage frais, à l'abri du désir.

Entre ta lèvre humide et la lèvre vineuse
De telle autre beauté perverse et capiteuse
Je n'hésiterais pas si j'avais à choisir.

Un sourire mouillé sur ta bouche se pose
Comme un rayon d'avril sur un bouton de rose,
Que tu es donc jolie alors que tu souris !

Ah! le rêve gourmet que d'éveiller le vice
Dans ton simple regard de fillette novice!
Combien vite ton cœur, petite, serait pris!

De charmantes odeurs montent de ta toilette;
Je voudrais, étant las des drogues qu'elle achète,
Que ma maîtresse en fît ses parfums favoris

Au lieu d'ylang-ylang et de poudre de riz.

TES JAMBES ET TES BRAS

Tes jambes et tes bras, lianes et roseaux,
Emprisonnent mon corps dans leurs tièdes réseaux;
Sous ma bouche et mes doigts ta chair frêle chavire,
Mais ta jeunesse en vain dans mes yeux froids se mire,
Ciel de printemps qui rit dans le ciel mort des eaux :
Mon cœur est la forêt sans brise et sans oiseaux.

Mon cœur est la forêt sans parfums ni murmures;
Les ruisseaux sont taris où jadis les ramures
Baignaient en frissonnant leur feuillage mouvant;

L'oiseau n'éveille plus la branche, ni le vent;
Le soleil ne vient plus gonfler les fraises mûres
Ni faire sur le sol mousseux saigner les mûres.

Tu n'as jamais connu cet enfant puéril
Dont un regard aimé mettait l'âme en péril
Et dont la bouche était encor pure et vermeille
Comme un bouton de rose où n'entre pas l'abeille.
Hélas! comme il est loin de mon cœur morne et vil
Ce cœur jadis bavard comme un matin d'avril.

Et pourtant tu es belle. Au vent de nos baisers
Quand debout tous les deux, l'un par l'autre embrasés,
Nous mordant, nous baisant et nous lustrant la peau,
Ta chevelure d'or flotte comme un drapeau.
Et tu es cette enfant dont les doigts amusés
Ranime la langueur des désirs épuisés.

Ton ventre clair et blanc comme les voies lactées
Se voile d'un frisson de brume sous les hanches,
Ta chair est faite avec les neiges écroulées
En écume d'argent des hautes avalanches,
Ton pied est rose encor des aurores foulées
Et c'est le sang des lys qui fleurit tes mains blanches.

J'aime à voir se gonfler sous mes baisers mordants
Tes jeunes seins pareils à deux lunes d'opale,
J'aime entendre ton rire expirer dans un râle,
J'aime à te voir bavant, tordre tes bras ardents,
J'aime à ployer ton corps sous mon orgueil de mâle,
Et ma langue connait chacune de tes dents.

Et j'abhorre pourtant mon désir, je méprise
Ta chair toujours avide et dont l'appel m'épuise,
C'est l'odeur de ta peau qui me fait prisonnier ;

Si tu savais tous les dégoûts dont j'agonise
Quand à l'aube je vois, déchirant ma chemise,
Ton visage bouffi vautré sur l'oreiller !

REPOS

Sur le divan qu'un flot de fourrures tapisse
Exhalant une fauve et redoutable odeur,
Etends-toi sur le dos dans ta jeune impudeur
Et pose sous ton col un bras fluet et lisse.

Je boirai le désir langoureux qui se glisse
Dans tes regards où dort une précoce ardeur,
En goûtant l'indécise et gracile rondeur
Du visage, du bras, du sein et de la cuisse.

Toutes les fleurs d'avril fleurissent sur ton teint
Et ton souffle est plus frais que le vent du matin,
Tes yeux sont deux bluets et tes lèvres deux roses.

Je veux cueillir avec ma bouche le baiser
Qui flotte sur tes dents sans jamais se poser,
Et clore tes yeux bleus sous tes paupières roses.

AT HOME

J'aime au fond noir du ciel ces nuages de plomb
Qui dans l'air ruisselant se maintiennent d'aplomb
Malgré le vent du Nord qui tempête et se rue
Et qui, sinistre et fou, s'engouffre dans la rue.
Je goûte, grâce à eux, près d'un foyer ouvert,
Mon feu rouge lançant des défis à l'hiver,
Ma tasse de thé jaune et mon fin tabac blond
Et mon chat qui miaule ainsi qu'un violon.
Pour distraire mon cœur de ce climat maussade
J'élève entre la vie et moi, la palissade

De quelque rêve d'or né de désirs frileux
Qui change en clair soleil l'horizon nébuleux
Et qui fait ruisseler dans mon âme morose
Tout un printemps magique, éblouissant et rose.

A CELLE QUI FAIT SA MIJAURÉE

Dans mon cœur où l'espoir de t'embrasser se fane,
Le souvenir rieur de nos premiers péchés,
Plus frais que le bouton de la fleur des pêchers,
Balance mollement sa tige diaphane.

Il suffit que j'en hume un instant le parfum
Pour te voir dans ton lit, sous tes cheveux flottants,
Rêveuse, caresser tes contours hésitants,
Les yeux cernés encor de notre amour défunt.

C'était un soir d'été plein de lune et sans ombre,
Où dans l'adieu des fleurs meurent de longs baisers,
Où la brise se brise en soupirs épuisés,
C'était un soir auprès duquel le jour est sombre.

Au fond du berceau blanc comme un nid plein de givre,
Blottis l'un contre l'autre et vibrant sous nos doigts,
Nous étions éperdus de la douceur de vivre :
Par la fenêtre entraient tous les parfums du bois.

Rien n'est plus indécent qu'une grande innocence !
Nous étions deux enfants tâtonnant dans l'amour,
Lascifs et pourtant purs, pervers par ignorance,
Charmés de voir nos corps étrangers de contour.

Je te revois ! Ma main qui soulève ta robe
Ne trouble pas tes yeux naïfs. A mon ardeur
Si parfois sous tes doigts ton sein nu se dérobe,
C'est par coquetterie et non point par pudeur.

Sans voiler sous tes cils tes yeux émoustillés,
Offrant ta gorge en feu, la bouche énamourée,
Je te revois riant au creux des oreillers.
Ah ! tu ne faisais pas alors ta mijaurée !

Le mois d'avril toujours dans tes yeux clairs se mire
Et ta peau fleure encor la rose et le lilas,
Mais, hélas ! la vertu t'empêche de sourire,
Tu parles : et le ciel est moins bleu que tes bas.

Nous n'irons plus au bois pour cueillir le myrtil
Et pour dormir à deux cachés dans la bruyère,
Quand je presse tes doigts tu fronces le sourcil
Et me toises du haut de ta pudeur altière.

Ta dignité se drape aussitôt dans ta jupe
Quand je frôle du pied ton pied que j'ai connu
Bavardant dans les draps, spirituel et nu ;
Mais malgré ta pudeur je ne suis point ta dupe.

Le feu secret qui fait parfois ton teint plus rose,
L'éclair luisant qui passe en tes yeux paresseux,
Chère ! me font douter de la métamorphose
Qui change en orgeat fade un champagne mousseux.

AMOUR POSTHUME

Madame ! votre rire aux dents fraiches est fée.
Dès que j'entends sonner son cristal, je me crée
Le rêve nostalgique et doux d'un corps charmant
Dont à des jours lointains j'aurais été l'amant.
Ce mirage évoquant une aube dédorée
Est une enfant qui rit dans la caresse ambrée
D'un clair matin d'avril, et cette enfant c'est vous,
Alors que vos cheveux pleins de givre étaient roux.
J'ai le regret cruel de n'avoir pas votre âge ;
J'aurais connu, j'aurais aimé ce fin visage

— Fleur de givre que fane en un jour le dégel —
Et dont j'ai vu le souvenir dans un pastel.
Votre main en mitaine, aux doigts longs, par surprise
Dans un baiser mouillé de larmes je l'ai prise,
Et sur le cercle usé de l'alliance d'or
J'ai déposé l'amour que je vous garde encor.

AVRIL

Que le temps est léger ! l'air est chargé d'odeurs
Qui chassent la fatigue et l'ennui de nos cœurs.
Un gai soleil d'avril verse à nos yeux la joie,
Le ciel est comme un grand paysage de soie
Où flottent des blancheurs de tulle et de satin,
Et l'azur est plus bleu sous ce voile argentin.
Dans l'air tiède on dirait qu'il pleut des violettes ;
Les femmes ont des yeux brillants sous leurs voilettes ;
La jupe flotte et traîne un parfum amoureux
Qui fait courir aux reins des flâneurs langoureux

Un frisson imprévu de désir et de fête,
Et leur cœur exalté leur montant à la tête,
Ils hument dans le vent une odeur de baisers.
Les enfants revenant de l'école, grisés
Par cet air capiteux chargé d'un lourd arome,
Sentent une moiteur leur humecter la paume
Et songeant vaguement à des jeux séduisants,
Se regardent entre eux avec des yeux luisants.

LA BELLE MORT

Dans un palais de marbre et de faïences bleues,
Sous un lointain plafond de lapis et de jade
Que les paons de mon rêve étoilent de leurs queues,
Se pâme de luxure une reine malade.

Folle des voluptés d'admirer sa chair nue
Et de ses doigts aigus tourmentant son corps frêle,
Devant de grands miroirs elle rêve étendue
En écoutant l'amour la frôler comme une aile.

Elle est belle ! Son corps d'écume et de framboises
Ondule secoué par la houle amoureuse,
Un long baiser se meurt sur ses lèvres sournoises
Et son dos sous un bras invisible se creuse.

Elle songe, tandis que sous sa main fiévreuse
Son sein aigu frémit de plaisir et se bombe,
Aux amants qui viendront presser sa chair heureuse
Quand le roi, son époux, descendra dans la tombe.

Car de l'aube à la nuit et de la nuit à l'aube
Dans son fauteuil, le roi secoué par la toux
Qui teint d'un sang pâli la pourpre de sa robe,
Râle, crispant les poings sur ses maigres genoux.

Comme en ses os l'amour attise encore des flammes,
Que la luxure encor hante son esprit gourd,
Avec son jeune eunuque aux yeux bleus et ses femmes
Il a fait enfermer la reine dans la tour.

Et c'est là dans la chambre aux doux rideaux de soie
Dans la volupté sourde et lourde des velours,
Que devant les miroirs sa beauté se déploie
Dans l'attente assoupie et la torpeur des jours.

La princesse a trouvé pour tromper son attente
Un plaisir effleuré par caprice autrefois,
Elle sourit, sa main est encor palpitante
Car son âme enfiévrée a passé dans ses doigts.

C'est un amour muet qui se berce soi-même
Pleins de rêves moelleux et de frôlements lents,
Un invisible amant se fond au corps qui l'aime,
D'une invisible bouche il sort des mots brûlants.

C'est une volupté qui cherche la langueur,
Les tapis ouatés et les lourdes fourrures,
Les bains d'eau parfumée où le désir se meurt
Dans de frais clapotis et de glissants murmures,

Extase printanière où s'éveillent les chairs,
Premiers appels lascifs d'une bouche enfantine,
Sous l'érotique archet de vos rythmes impairs
Il naît deux cœurs jumeaux d'une seule poitrine.

Tout élan furieux retombe sur lui-même
Avec les longs frissons de ces jets d'eau brisés,
Qui meurent pour renaître et dont la mort suprême
Est encore un suprême appel vers les baisers.

Mon rêve m'a conduit dans la chambre. L'eunuque
Couché dans les coussins, le menton dans la main,
Riait. Ses cheveux d'or qui moussaient sur sa nuque
Exhalaient une odeur de miel et de jasmin.

Les femmes que troublaient les soupirs de leur reine
Avaient interrompu leurs rires et leurs jeux,
Et le baiser nouait leurs bras, et leur haleine
Soulevait le duvet de leurs ventres neigeux.

Les passives enfants sous les filles de proie
S'écroulaient. Leurs frissons, leurs appels, leurs extases
S'étouffaient dans le râle et les cris de la soie,
Les fleurs lourdes d'amour s'inclinaient dans les vases.

Alors comme j'étais jeune et nu comme celles
Dont la langue et les doigts savaient de chers secrets,
Que leurs bras à mes bras s'ouvraient comme des ailes,
Je me sentis frémir de la nuque aux jarrets.

En de longs cheveux noirs, cheveux roux, cheveux d'or,
Forêt de soir, forêt d'été, forêt d'automne,
Je m'engloutis pour me mêler au souple effort
Qui balançait les chairs d'un rythme monotone.

Je me croyais lié par des bras mous de pieuvres ;
Je défaillais, je renaissais, extase et mort,
Des corps glissants, des corps mouillés, molles couleuvres,
Pressaient ma chair et puis fuyaient vers d'autres corps.

Des baisers plus nombreux et plus pressants me mordent,
Mon sang rouge jaillit sous la perle des dents,
Et de tièdes ruisseaux de mes veines débordent,
Et des bouches d'enfant boivent ces jets ardents.

Comme j'étais couché, perdant à flots ma vie,
La reine qui riait devant son miroir clair
Se dresse et regardant mon sang avec envie,
Sent un sauvage amour s'éveiller dans sa chair.

Elle bondit, refoule en criant les buveuses,
Et s'arrêtant devant mes yeux hallucinés,
Saisit mon cou saignant entre ses mains nerveuses
Et déchire mon sein de baisers forcenés.

Et les filles de proie et les enfants passives
Reculent, et mêlant la blancheur de leurs bras,
Encerclent lentement de leurs danses lascives
Notre étreinte où la mort effeuillait ses lilas.

Mais la reine dans un suprême élan de rage
M'enfonça dans le cou ses dix ongles fumants.
Ah ! quel champ de bataille ou quelle mer d'orage
Vaudra le lit de pourpre où râlent les amants !

MANDARINES

Je hume le parfum musqué des mandarines
Dans la chambre où mon feu me fait goûter l'hiver,
Il mêle au ciel frileux de nos saisons chagrines
L'exotisme imprévu d'un été chaud et vert.

Il m'évoque le jeu lascif d'un corps hautain
Dont les yeux démentaient la promesse des lèvres,
Et dont l'art unissait aux fraîcheurs du matin
L'énervante chaleur des nuits lourdes de fièvre.

Sa bouche, œillet de pourpre écrasé dans du vin,
Savait faire en mon cœur monter l'âcre levain
Des sauvages désirs et des fièvres brûlantes,

Tandis que son regard, faux, humide et moqueur,
Enfonçait dans ma chair ses dagues nonchalantes
Et torturait mes nerfs en me glaçant le cœur.

PAR LE TROU DE LA SERRURE

Deux fillettes aux corps graciles et ténus
Sur un lit pavoisé de soie et de fourrures,
Dans le vice gardant des rires ingénus,
Frôlent des doigts les fleurs de leurs gorges non mûres.

Des palpitations de baisers, des murmures
Interrompent parfois leurs soupirs continus,
Moutonnant sur leur chair, leurs lourdes chevelures
Enveloppent de nuit le jour de leurs bras nus.

Devant elles, debout, un gamin de treize ans,
Tout rose, les contemple avec des yeux luisants,
De vagues appétits lui tourmentent les lèvres,

Tandis que le museau taquiné de cheveux,
Minuscule et rageur, un King-Charles nerveux
Sur le lit les poursuit de ses aboiements mièvres.

DYOS ET CHÉREA

De la chaleur du jour encor tout accablés,
Dyos et Chérea sont blottis dans les blés.
D'ardents coquelicots, des bluets, des pivoines
Mouchettent de points vifs l'or pâle des avoines,
Dyos et Chérea sont blottis dans les blés.

Le soir est doux, les vents ont soufflé dans leurs flûtes.
De lents vols d'oiseaux blancs s'élèvent en volutes
Vers le soleil qui meurt à l'horizon bombé,
Un calme bienheureux sur la terre est tombé
Le soir est doux, les vents ont soufflé dans leurs flûtes.

Dans les bras de Dyos, parmi les épis d'or,
Chérea souriante, un peu lasse, s'endort.
Son corps à demi nu que le couchant arrose,
Est si rose et si frais qu'on dirait d'une rose
Dans les bras de Dyos, parmi les épis d'or.

L'ombre de ses longs cils tremble un peu sur sa joue,
Un sourire mouillé sur sa lèvre se joue,
Sa hanche est indécise et son sein hésitant
Sous les doigts de Dyos se dresse palpitant,
L'ombre de ses longs cils tremble un peu sur sa joue.

Tout peureux de troubler le sommeil de l'enfant,
L'adolescent ému, mais le cœur triomphant,
Laisse errer ses doigts frais de la gorge à la hanche,
Et parfois, retenant son haleine, il se penche,
Peureux d'avoir troublé le sommeil de l'enfant.

La chair brûle ses doigts, elle est ardente et rose,
La caresse se fait plus lente et se repose,
Dyos sent le parfum des cheveux le griser,
La lèvre de l'amie appelle le baiser,
La chair brûle ses doigts, elle est ardente et rose.

Brusquement dans les lacs de ses deux bras ardents
Il étreint la fillette et lui baise les dents,
Puis s'arrête, craignant de l'avoir effrayée ;
Mais Chérea depuis longtemps est réveillée
Et vibre tout heureuse entre ses bras ardents.

. . .

De la chaleur du jour encor tout accablés,
Dyos et Chérea sont blottis dans les blés.
D'ardents coquelicots, des bluets, des pivoines
Mouchettent de points vifs l'or pâle des avoines,
Dyos et Chérea sont blottis dans les blés.

SUR LES TOITS

Sur les toits voisins, à la brune,
Le hasard, un soir, a conduit
Une chatte couleur de lune
Avec un chat couleur de nuit.

Vêtus de peluche et de soie,
Ils marchaient d'un pas langoureux,
Leurs langues frétillaient de joie,
Je reconnus deux amoureux.

Elle paraissait un peu lasse
Sous sa lourde et riche toison,
Lui marivaudait plein de grâce :
Ils étaient de bonne maison.

L'un près de l'autre ils se couchèrent,
Les yeux clignant de volupté,
Leurs roses museaux se frôlèrent
Dans une tendre intimité.

Flûtant de leurs voix délicates
Des miaulements doux et longs,
Il me semblait que leurs huit pattes
Égratignaient des violons.

Quelque temps après, à la brune,
Sur les toits, un couple a conduit
De blancs bébés couleur de lune
Et des bébés couleur de nuit.

VEUX-TU DES CHANTS D'AMOUR

Veux-tu des chants d'amour ? Mon vers sera câlin,
Il aura la blancheur des lis, des mains, du lin,
Il aura la douceur des flûtes qu'on devine
Dans la forêt en fleur quand le soleil décline,
Il aura la langueur de ton regard moelleux,
Il aura l'infini des lacs bleus, des ciels bleus,
Et sera plus fervent que les graves prières
Montant pour leurs enfants du cœur triste des mères.
Mais quand l'heure tardive obscurcira tes yeux
Je te dirai des vers que tu comprendras mieux ;

Des vers jolis garçons, nerveux et volontaires,
Des vers caracolant comme des mousquetaires,
La main droite à la lèvre et la gauche à l'estoc,
Court mantel, feutre où danse une plume de coq.
Oui ! mes vers oublieux de tout sauf de ta bouche
Dresseront vers ton corps en un élan farouche
Le fougueux appétit d'une chair de vingt ans,
Puis ils t'enlaceront de leurs bras palpitants
En un brusque désir de jeunesse et de fête
Et le mâle prendra la place du poète !

LA MER QUI CHANTE

Souvent aux soirs d'été quand la lune s'allume
Au fond du ciel huileux qui se bombe, je hume
Dans l'espace élargi l'odeur du vent amer
Et j'écoute chanter le rythme de la mer.
Rythme grave et profond qui s'étend et qui roule,
Désir innassouvi que balance la houle,
Désir ! serpent qui siffle à la crête des flots
Mêlant un frisson âpre aux écumeux sanglots
Qui blanchissent le sable après la mort des vagues,
Rythme étrange où parmi les sons plaintifs et vagues

On entend crépiter, stridents et convulsés,
Des râles de révolte et des cris de blessés.
J'aime entendre ta voix, mer à nos cœurs pareille,
Et souvent aux soirs bleus où la lune s'éveille,
Et coule sur tes eaux sa lumière de lait,
Je m'accoude au balcon et mon âme se plaît
A sentir dans la nuit ton âme qui déchaîne
Son désir éperdu, sa douleur et sa haine.
Mais surtout j'aime, ô mer, en tes rythmes marins,
Le chant majestueux des grands alexandrins.

FAUTE DE MIEUX

J'ai les regrets persistants
Des lèvres dont j'ai perdu
Tous les baisers palpitants
Où mon désir s'est fondu,

J'ai le regret des pépins
Menus et brillants des dents,
De tous les ongles mordants
Savamment polis et peints,

Et des doigts bagués et blancs
Caresseurs et câlineurs
Aux frôlements doux et lents
De petits êtres flâneurs.

Incorrigible et pervers,
Pour me consoler je dois
Faute de mieux, mettre en vers
Ongles, lèvres, dents et doigts !

NOCTURNE

Tressez vos doigts, mêlez vos cheveux et vos lèvres,
Beaux fantômes issus de mon esprit pervers,
Dansez, et tendez-moi vos petits bras ouverts
Pour que sur vos seins durs je martelle mes lèvres.

Dansez, l'ombre bleuâtre et lourde de ma chambre
Recule et se dissout sous vos pas lumineux,
Je suis de tous mes nerfs vos pieds vertigineux
Et hume en vos sueurs la fière odeur de l'ambre.

Dansez, et frôlez-moi de vos gorges bombées,
De vos doigts coralins et de vos cheveux longs,
Cambrez-vous, caressez mon corps de vos reins blonds,
Que je baise vos chairs de luxure imbibées.

Faites-moi mal, dansez, mordez-moi, vos blessures
Me ravissent, vos dents sont des êtres vivants.
Je défaille ! je meurs sous vos doigts énervants !
Criblez mes membres las de coups et de morsures.

Faites crier mes os sous vos mains éperdues,
Du talon, piétinez mon torse balafré,
Que vos bouches courant sur mon corps torturé
Fassent jaillir le sang de mes veines tendues.

Mais l'aurore a semé ses fleurs d'or dans ma chambre,
Vous fuyez trébuchant dans les plis de la nuit,
Et j'entends comme un rire argentin d'eau qui fuit :
C'est mon sang goutte à goutte épanché dans la chambre.

POUR AMUSER VOS JEUNES YEUX

Pour amuser vos jeunes yeux fleuris de vice
Que les mâles baisers ne peuvent émouvoir,
Je veux peindre en sa chambre où la lune se glisse
Une lascive enfant qui baise son miroir.

Une enfant comme vous, mais plus pâle et plus lasse,
De son corps frêle amant, et maîtresse à la fois,
Et qui mire son ventre imberbe dans la glace
Et ses seins indiqués par deux fraises des bois.

Regardez : le désir agite sa main ronde
Sa main dont chaque doigt semble un archet d'amour,
Dont l'ombre, tant la chair est lisse où la main court,
Dessine sur un lac blanc de lune une aronde.

Mais son jarret se tend et sa paupière bat,
Sa joue en rougissant sur l'épaule repose,
Sa main sur son sein moite un instant se débat,
Ses dents de jeune chien mordent sa langue rose.

Elle expire... Vos yeux à ce simple tableau
Se couvrent de désirs comme un lac de nacelles ?
Mais nul amour pour moi ne mouille dans leur eau :
Cette enfant nue est seule au fond de vos prunelles.

DESIR !

Ce matin tes cheveux avaient la jeune odeur
Des fleurs qu'un vent précoce en avril fait éclore,
Mais ce soir le soleil d'un feu roux les colore,
Je hume un rouge automne en leur chaude splendeur.

Tu es belle ce soir, à la fois fière et tendre.
Les violettes de tes yeux cernés et las
M'ont dit les souvenirs de nos baisers, si bas
Que mon cœur amoureux fut seul à les entendre.

Tes seins aigus qui sont deux roses en boutons
Ont à peine un parfum de verdure mouillée,
A ta lèvre d'enfant, d'un sourire égayée,
Mes désirs à ma lèvre ont murmuré : Goûtons !

Je veux que mon baiser soit savant et farouche,
Je veux voir se cabrer les pointes de tes seins,
Et nous voyagerons vers les pays malsains
En oubliant tous deux laquelle est notre bouche.

LE PASTEL

De ses doigts allongés effeuillant une rose,
La marquise poudrée, en robe de linon,
Rêve aux bergers musqués du petit Trianon
Dans un cadre fleuri d'or vert et de bois rose.

Sincères ou menteurs, l'âme folle ou morose,
D'innombrables amants ont murmuré son nom ;
De ses doigts allongés effeuillant une rose,
La marquise sourit en robe de linon.

Aux marquis de quinze ans pâlis par la névrose
Ses yeux voluptueux ont-ils jamais dit non?
Pour elle délaissant Marianne et Ninon,
Ils imploraient en vers, n'osant parler en prose,
La marquise indulgente en robe de linon.

AVANT-HIER

Ecolier paresseux et précoce, tu songes
Le coude sur la plume et le front dans la main,
A la reine aux yeux verts du pays des mensonges
Qui vient la nuit baiser tes lèvres de gamin.

Elle est toute mignonne et ses airs ingénus,
Son corps mince, sa gorge hésitante, la grâce
Enfantine du rire et ses frêles bras nus
Rappellent le plus jeune élève de ta classe.

Celui que tes amis nomment Mademoiselle
A cause de sa politesse, de ses doigts
Lavés, de ses cheveux de fille, de sa belle
Blouse de boy anglais et de l'or de sa voix.

Lorsque devant ton lit se dresse en robe blanche
La blonde vision qui trouble ton sommeil,
Et que ta soif d'aimer à ses lèvres s'étanche
Tu songes que l'enfant au fantôme est pareil ;

Qu'ils ont le même rire et les mêmes yeux verts,
Qu'ils ont la même chair d'écume et de framboises,
Que si l'œil de la femme est plein de feux pervers,
Le regard du gamin est plein d'ardeurs sournoises ;

Qu'ils exhalent tous deux des parfums d'herbe et d'ambre,
Que si l'une est plus molle et plus tendre au baiser,
Un joli corps d'enfant qui joue et qui se cambre
Est comme un jeune faon qu'on peut apprivoiser.

Mais jamais dans l'étude où vos têtes se touchent,
Jamais dans les jardins bruyants où vous errez
Parmi les jeux brutaux dont vos pas s'effarouchent,
Tu n'as parlé, confus de tes sens égarés.

Quand ses yeux réchauffaient tes frileux lendemains
Pour n'être pas vaincu tu détournais la tête,
Quoiqu'au son de sa voix, au toucher de ses mains,
Ton cœur battait d'espoir comme un tambour de fête.

Mais plus tard tu verras le cœur crispé d'envie,
Les heures du passé lentement revenir,
Vieillard de dix-huit ans qui regrette la vie
Penché sur le balcon moussu du souvenir.

Tu chercheras l'enfance avec les yeux troublés
D'un triste voyageur qu'un train rapide emporte,
Et qui voit en pleurant fuir derrière les blés
Sa maison dont la clé se rouille sur la porte.

L'ÉVEIL

Plus fin qu'un lévrier et plus souple qu'un chat,
Le bel adolescent qu'un désir nouveau fouette,
Enroule d'un bras ferme et câlin la fillette
Qui rose lui sourit, mais n'ose et se débat.

Mais voici qu'un sein rond dans l'amoureux débat
Jaillit comme un fruit mûr sous la main qui le guette,
Et l'enfant renversée, étourdie, inquiète,
Se tord sous un baiser qui met fin au combat.

Long baiser où la langue à la langue se noue
Et qui sous le duvet transparent de la joue
Fait monter la fleur rose et brûlante du sang,

Fraîches virginités se cherchant, se lassant
Et se cherchant encor pour mourir embrassées
Dans la douleur et le plaisir des chairs froissées.

ÉVOCATION

Parfois lorsque mes nerfs ont faim de solitude,
Que mes reins sont usés et que mon cœur est las,
J'évoque mon passé dont l'âcre incertitude
Mêle aux odeurs de boue un parfum de lilas.

Alors tous les baisers dont je n'ai plus les lèvres,
Tous les chers frôlements dont j'ai perdu les mains
Surgissent, m'évoquant les nuits rouges de fièvres
Et la tendre langueur des frileux lendemains.

Des vierges souriant avec des airs timides
Qui voilent de leurs doigts la rougeur de leurs fronts,
Des filles découvrant dans leurs regards humides
Les luxures en fleurs de leurs cœurs vagabonds,

Fantômes regrettés de ma jeunesse brève,
Défilent lentement devant mes yeux charmés,
Et je vois s'allumer dans les vapeurs du rêve
Les contours lumineux de leurs corps parfumés.

Je revois leurs doigts clairs et ce léger sourire
Qui de mon désir las ranimait le flambeau,
Les bonds voluptueux de leurs corps en délire,
Et je hume les fleurs qui poussaient sous leur peau.

Voici leur croupe ronde et voici leurs seins mûrs,
Leurs ventres dédaigneux du mensonge des voiles,
Leurs bras blancs qui brillaient dans leurs cheveux obscurs,
Leur teint semé de fleurs, leurs yeux semés d'étoiles.

Hélas ! Que reste-t-il de ces baisers défunts ?
Des mèches de cheveux où flotte une odeur louche,
Des billets, des rubans et des fleurs sans parfums
Et des flacons jaunis qu'en tremblant on débouche.

PLUIE

Le ciel est couleur de suie,
Ouvre la fenêtre
Pour que l'odeur de la pluie
Jusqu'à nous pénètre.

Ne parle pas, mais écoute
Comme une prière,
Lente, tomber goutte à goutte,
L'eau de la gouttière.

N'entends-tu pas dans la brise
Sangloter l'automne ?
C'est l'amer regret qui brise
Un cœur monotone.

Comme une femme malade,
La lune allanguie,
Au ciel qui la plaint, balade
Sa neurasthénie.

L'heure est navrante, et toi-même
Dont le bras m'enlace
Pour me murmurer : « Je t'aime ! »
Ton âme est trop lasse !

L'EMPOISONNEUR

Cette nuit j'ai revu comme deux astres sombres
Ses yeux graves et doux que j'ai tant fait pleurer,
J'ai revu son profil, son sourire navré,
Ses cheveux blancs, jadis pleins de lueurs et d'ombres.

Son visage était beau comme ces fleurs d'automne
Qui présageant l'hiver, parlent encore d'avril,
Une larme perlait à chacun de ses cils,
Elle dit, me voyant si las : « Je te pardonne.

« Je te pardonne, enfant malade et plein de crimes,
Pour ta beauté, fleur adorable d'un marais,
Et je t'aime pour tout le mal que tu m'as fait,
Bourreau d'amour dont un baiser fait cent victimes.

« Que n'ai-je deviné lorsque ta voix berceuse
Endormait ma pudeur avec des mots si doux
Le poison que versait tes baisers chauds et mous
Qui tombaient, pluie d'avril, de ta bouche mousseuse.

« J'aurais lutté ! J'aurais d'un poing frêle et farouche
Renversé ton corps jeune où fermentait la mort,
Et j'aurais, vengeresse, en un dernier effort
Ecrasé du talon les roses de ta bouche.

« Mais j'ai senti ma vie s'enfermer tout entière
Dans le cercle léger de tes jeunes bras blancs ;
J'ai compris que tes yeux pleins de feux nonchalants
Me couvriraient de nuit s'ils baissaient leur paupière.

« Ta voix — à peine rauque — où chantaient les hautbois
Me parlaient mollement d'ivresses éternelles,
J'oubliai — car l'azur riait dans tes prunelles —
Qu'il est d'âcres marais plus bleus au fond des bois.

« Et maintenant, je viens de ma bouche édentée
Te dire que je t'aime encor. Mes doigts meurtris
N'osent frôler la peau de tes membres guéris
De peur de réveiller sous leur blancheur lactée

« Les végétations sombres et pestilentes
Dont peut-être une graine est encor sous ton sein,
De peur de faire éclore à mon souffle malsain
Sur tes lèvres en fleur, des roses purulentes. »

DÉGOUT

Quand je contemple, Humains, ô Frères que je vaux,
Vos fiels baveurs mêlés de haines et d'envies,
Je m'effraye en voyant dans l'ombre de vos vies
Des bas-ventres toujours et jamais de cerveaux.

Vous ne connaissez pas d'autre espoir, d'autres fêtes
Que les ruts d'où des fils pareils à vous naîtront,
Et ceux qui parmi vous ont du soleil au front
Ne sont que des rimeurs que leurs reins font poètes.

Aussi j'attends le soir où le cœur libre enfin
D'une vanité sotte et d'une peur infâme,
De ce monde boueux j'affranchirai mon âme
En me laissant mourir de dégoût et de faim.

SOLEIL COUCHANT

Prince dont la paresse à ton balcon s'accoude
Et regarde longtemps l'horizon qui s'endort,
J'aime tes yeux mêlés de violet et d'or
Et ta lèvre enfantine où ton fier chagrin boude;

Tes cheveux lourds où le soleil mourant se joue,
Retombent sur ton cou comme des raisins bleus,
Sous le charme secret de ton rêve moelleux
Les roses du printemps semblent fleurir ta joue.

Tu goûtes d'un air las la ritournelle étrange
Qu'apporte l'âme tiède et chantante du vent ;
J'aime voir sur tes traits le bizarre mélange
D'un sourire blasé sur des lèvres d'enfant.

Et je comprends alors les souriants mensonges
Des pages de pastels aux regards ingénus ;
Tu m'évoques bien des passés chers à mes songes,
J'en ai tous les regrets sans les avoir connus.

Et le vent, avec des frémissements de plume
Caresse le duvet de ton visage doux,
Mais la splendeur du soir dans tes regards s'allume
Quand le soleil décline au grand ciel rose et roux.

PAR CE BEAU SOIR D'AUTOMNE

Quel est l'amer chagrin qui sépare nos âmes
Et qui met aujourd'hui de l'ombre sur ton front ?
Pour charmer ton souci mes lèvres te diront
Les mots fervents et doux qui font pleurer les femmes.

D'un désir inconnu nos cœurs sont tourmentés
Et nous sommes parfois las de trop nous connaître,
L'ennui comme un serpent dans nos baisers pénètre :
Nous avons épuisé toutes les voluptés.

Pourtant si tu le veux, par ce beau soir d'automne,
Sous le soleil qui meurt en dorant tes cheveux
Nous nous enlacerons comme aux premiers aveux
Et ma main pressera ta main qui s'abandonne.

Nous nous croirons très purs, très enfants et très doux,
Tu seras rougissante et je serai timide,
Et je verrai briller dans ton regard humide
Un rêve qui fera vaciller mes genoux,

Et devant la langueur du ciel et de la terre,
A l'heure paresseuse où le soleil s'endort
Et revêt l'horizon de violet et d'or,
Nous goûterons le charme infini de nous taire.

NUIT D'ÉTÉ

La douceur de la nuit voluptueuse entraîne
Les pas des amoureux sous les arbres discrets,
Au ciel d'été la lune est lointaine et sereine,
Tout est repos, tout est murmures et secrets.

Le vent tiède chantant dans les feuilles mouvantes
Mêle à des plaintes d'orgue un son de chalumeau,
On entend palpiter comme une aile d'oiseau
Les baisers répondant aux prières ferventes.

Les ruisseaux réveillés causent avec les nids
Qui gazouillent, perdus dans la paix du feuillage,
Parfois l'on voit passer dans un galop sauvage
Un lièvre roux qui sort de l'ombre d'un taillis.

Et les amants nouaient avec leurs bras nerveux
Les bustes onduleux des pâles amoureuses
Qui sentaient, en offrant leurs lèvres savoureuses,
Le vent se parfumer à travers leurs cheveux.

Les lèvres se mêlaient aux lèvres, et les mains
Se cherchaient, se pressaient en d'ardentes étreintes,
Et les cœurs se gonflaient de désirs et de craintes :
L'ombre des corps jumeaux dansait sur les chemins.

Mais tout seul je pensais : que n'ai-je dans le cœur
Au lieu d'une chimère inquiète et rongeuse,
Un caprice léger qui rend la chair joyeuse
Et dont la chaîne tinte avec un bruit moqueur.

LE CYGNE

Mon tragique désir vers ta beauté magique
Monte, rapide et fier, comme en un jour vermeil
Un grand cygne éperdu d'un amour nostalgique
Vole vers un nuage à sa blancheur pareil.

Les palmes en arrière et les ailes cambrées,
Le col tendu, dardant son bec luisant et dur,
Sous le matin baignant ses plumes empourprées
Il jaillit vers ce frère inconnu de l'azur.

Il va, battant l'air bleu de ses ailes sonores,
Déjà l'étang natal disparaît à ses yeux,
Le ciel est plein de nids où chantent les aurores,
Le vertige et l'amour gonflent son cœur joyeux.

Mais, hélas ! sa faiblesse a trahi sa vaillance,
Ce nuage est trop loin pour son rêve mortel,
En vain il se débat contre sa défaillance
Et pousse vers son frère un rauque cri d'appel ;

Son vol ne soutient plus son courage, il succombe,
Et cachant sous son aile un cou désespéré
Dans les roseaux bavards de l'eau stagnante il tombe
Près des canards fuyant sur l'étang effaré.

Vers ta beauté qui luit dans un ciel de mirage
Mon désir un matin a pris un grand essor,
Mais pareil à ce cygne amoureux d'un nuage
Il retombe brisé dans la honte et la mort.

SOIR

Que ce soir de printemps a de douceur tranquille !
De ma chambre je vois au-dessus des buissons
D'où montent des parfums mouillés et des chansons
Un ciel fleurdelisé d'un pigeon immobile.

Heure mélancolique ! Un simple et doux mystère
Plane sur les jardins où s'endorment les fleurs,
Le ciel s'éclaire, l'ombre éparse sur la terre
Se peuple de baisers et de serments frôleurs.

C'est l'heure des amants. Ils vont les bras liés
Chercher près des ruisseaux pour leur tendre indolence
Un lit tiède et moelleux au pied des peupliers
Où la brise en passant égrène du silence.

Là, dans la mousse tendre et dans les gazons mous
Au rire des cailloux que pourchasse l'eau vive,
Ils verront en pressant leurs seins et leurs genoux
La lune lentement descendre sur la rive.

. . . .

Mais l'aube qui s'éveille, écartant la nuit brève,
Oblige les amants d'interrompre leur rêve,
Et posant sur leurs fronts ses pieds étincelants
Dénoue en rougissant les corps bruns des corps blancs.

CARTE DE VISITE

Madame ! je vous offre en un vase au col droit
Ces lys pâles et fiers comme des fils de roi.
Vous dédaignez, souffrant d'élégantes névroses,
L'odeur épanouie et brutale des roses,
Mais le parfum des lys contient la volupté
Qu'on hume en respirant votre altière beauté ;
Leur tige a la minceur de votre col flexible,
Et c'est pourquoi, sachant votre cœur insensible,
J'embrasse, les yeux clos, ce bouquet froid et clair
Pour rêver que je baise un peu de votre chair.

LA MORTE

Roidie en une pose éternelle d'idole,
Une enfant mince, aux longs cheveux, semblait dormir ;
Sur sa bouche on voyait la mort pâle fleurir,
Fleur violette ouvrant sa dernière corolle.

Ses yeux mornes et blancs, par la mort retournés,
Ressemblaient à de grands bijoux de porcelaine ;
Sous ses voiles légers, au milieu de sa traîne
On avait étendu ses membres satinés.

Sous les fleurs d'hyménée et de deuil, elle abrite
Loin de ces inconnus à l'œil inquisiteur,
Comme par une étrange et dernière pudeur
Sa personne frileuse, engourdie et petite.

Demain on couchera dans un cercueil bien clos
Tes membres refroidis sous ta robe de noce,
Parfum d'été dissous dans un hiver précoce,
Lys d'amour pour la Mort fauché — à peine éclos.

VIEILLE ESTAMPE

Vous êtes pour mon cœur la frêle châtelaine
Qui dans son oratoire aux gothiques vitraux,
— Combien vous êtes pâle au reflet des carreaux ! —
Penchée à son rouet, dit d'une voix lointaine
Une chanson guerrière en dévidant sa laine.
Sur les hauts gobelins dont la muraille est pleine
S'allument des combats sinistres de héros,
Où les vaincus, râlant sous les pieds des bourreaux,
Crispent leurs gants de buffle au fer de leurs fourreaux.

Un chat, sur un bahut, lentement se promène,
Votre page, à genoux, joue avec ses levrauts.
Au souvenir bavard des vergers de la plaine
Vos pinsons prisonniers becquettent leurs barreaux,
Tandis qu'une pendule en grinçant sur sa chaîne
Réveille brusquement en son fauteuil de chêne
Madame votre mère, assise dans sa traîne.

LE SOMMEIL D'EROS

Le printemps a fleuri la majesté des bois,
Des parfums, des frissons, des bruits d'ailes, des voix,
De l'ombre des taillis montent dans l'air qui fume :
Le soleil du matin à l'horizon s'allume.

Au plus profond des bois, dans la clairière d'or,
Parmi les fleurs, dans les parfums et la lumière,
Sur un lit fait de thym, de mousse et de bruyère,
Eros, las d'une nuit voluptueuse, dort.

Il est nu. Près de lui, parmi les herbes fraîches
Ont roulé son carquois, sa ceinture et ses flèches ;
Trois abeilles quittant le miel qui leur est cher
Viennent en bourdonnant butiner sur sa chair
Les boutons de ses seins et la fleur de sa bouche ;
Une biche, sortant de la forêt, se couche
A côté de son cœur et lui lèche les pieds,
Tandis qu'en ses cheveux, de soleil égayés,
Ouvrant leurs ailes d'or et redressant leurs queues,
S'accouplent longuement les libellules bleues ;
Des serpents à ses doigts se recourbent en rond,
Et des ramiers parfois se posent sur son front.

Eros ! tu dormiras jusqu'à l'heure opaline
Où le soleil tout rose au ciel mauve décline,
Où la brise qui fait frissonner le buisson
Change en graves soupirs sa frivole chanson,

Jusqu'à l'heure où la nymphe en éclatant de rire
Se mêle au frais ruisseau pour duper le satyre
Qui croyait la charmer de sa flûte à trois trous.
Alors on entendra les fronts des boucs jaloux
Se marteler au fond de la forêt pensive
Pour la chèvre aux longs poils efflanquée et lascive
Quand la première étoile au ciel aura brillé,
Eros ! par sa lueur tu seras réveillé.
Pourtant, pâles ramiers que le couchant fait roses,
Tentez de le bercer par vos appels moroses,
Et pour qu'en ce beau soir il dorme plus longtemps,
Que les êtres ailés qui naissent du printemps
Gazouillant, murmurant et bourdonnant sans trêve
L'entourent de leur vol et prolongent son rêve ;
Sur sa lèvre fleurie où nichent les amours,
Abeilles ! déposez l'âme des pavots lourds ;
Et vous les papillons qu'Avril naissant colore,

Qui sur l'aile portez la nuit avec l'aurore,
Fleurs de deuil et de sang, fleurs d'azur et fleurs d'or,
De vos danses charmez le dieu cruel qui dort;
Car le sommeil d'Eros du mal d'amour protège
Les cœurs adolescents que leur jeunesse assiège;
Mais au ciel déjà sombre une étoile a frémi :
Et le vol des amours, flèche et flamme, aile et neige,
Bourdonne sous le front de l'Eros endormi.

ÉPILOGUE

Quand mes os dormiront sous la croix et les fleurs
Dans le jardin planté pour la paix des douleurs,
Je ne demande pas que les marches de pierre
S'endeuillent sous l'adieu des voiles en prière,
Je ne veux pas troubler de larmes des yeux clairs,
Le mois d'avril n'a pas le regret des hivers.
Je ne veux point faner des fronts roses. Qu'importe
Que l'oubli sur mon nom ferme au verrou sa porte.
Sous le conseil muet de la croix, mon cœur mort
N'attendra rien de ceux dont la chair souffre encor.

Pourtant si vers le soir au fond d'un couvent sombre
Une vierge qu'invite au péché la pénombre,
En rougissant, ouvrait de ses longs doigts pervers
Ce livre où tout mon cœur a passé dans mes vers,
Qu'elle ne chasse point de son rire profane
Parmi les voluptés, ce Rêve diaphane
Qui garda mon cœur pur des assauts de ma chair.
Mais qu'une ombre plutôt voile son regard clair,
Et que, laissant au loin flotter l'or de ses songes,
— De ses songes d'enfant parfumés de mensonges —
Elle pense, une larme aux cils blonds de ses yeux,
A l'eau de ces marais qui reflètent les cieux.

TABLE

ÉVREUX, IMPRIMERIE DE CHARLES HÉRISSEY

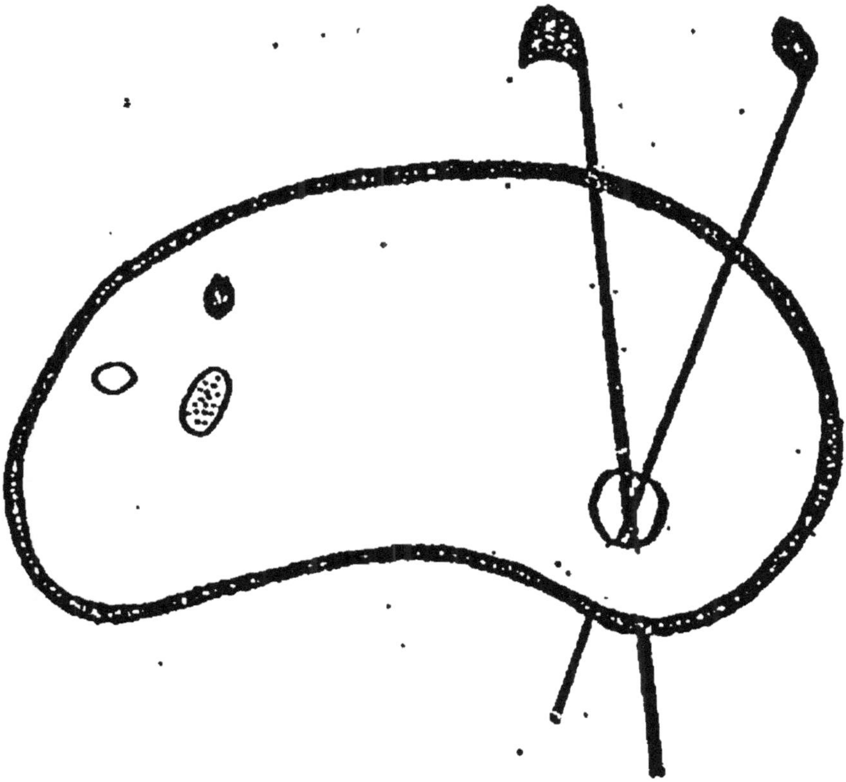

www.ingramcontent.com/pod-product-compliance
Ingram Content Group UK Ltd.
Pitfield, Milton Keynes, MK11 3LW, UK
UKHW031843260826
14628UKWH00002B/555

9 782012 872257